LA

SOUFFRANCE AU CALVAIRE

LA

SOUFFRANCE

AU CALVAIRE

LA SOUFFRANCE AU CALVAIRE

PAR

Mme A. GRANDSARD

LIBRAIRIE DE L. LEFORT
IMPRIMEUR, ÉDITEUR

LILLE
rue Charles de Muyssart

PARIS
rue des Saints-Pères, 30

MDCCCLXIV

LE PÈLERIN

I

A l'heure où dans le ciel la souriante aurore
Commence à s'élancer sur son char éclatant,
Silencieux et triste un homme jeune encore
Au pied du mont sacré s'avançait lentement.

Non loin Jérusalem, dans un long voile sombre,
Semblait s'envelopper comme une veuve en deuil ;
Au splendide horizon ses dômes faisaient ombre,
Tels que d'antiques morts se levant du cercueil.

D'un regard accablé le pèlerin contemple
Cette ville autrefois centre de l'univers ;
Il songe à Salomon, à son glorieux temple,
Et sent son cœur brisé par des regrets amers.

« Jérusalem, dit-il, ô trop fidèle image
De mon abaissement, de mes cruels malheurs !
Avec toi je gémis en un vil esclavage ;
Mon front, comme le tien, s'incline sous les pleurs.

» Rappelle-toi de Job les paroles plaintives,
Les sourds gémissements pareils à ceux des flots,
Quand, venant se briser sur de puissantes rives,
Ils s'abîment soudain dans les profondes eaux.

» Innocent devant Dieu, Job, au sein des souffrances,
N'avait point comme nous le remords en son cœur ;
Pour lui brillaient encor les saintes espérances
Qui consolent le juste au sein de la douleur.

» Cependant écoutons ses plaintes déchirantes
Et mêlons notre voix à ses tristes accents,
Afin que le Seigneur, vers nos âmes souffrantes,
Daigne dans sa bonté baisser ses yeux cléments. »

JOB

II

« O qui me donnera de revoir ces années
» Où j'avais pour abri les ailes du Seigneur ?
» Quand à mes yeux, brillait au dessus des nuées,
» De l'amour du Très-Haut le flambeau protecteur.

» Qui me rendra ces jours de joie et de jeunesse,
» Où le Dieu tout-puissant habitait ma maison,
» Y répandant à flots la vie et la sagesse
» Pour y fructifier durant toute saison ?

» Alors mes chers enfants environnaient leur père,
» Mes amis dévoués approuvaient mes discours ;
» Les princes, les vieillards, tous ceux que l'on vénère,
» Devant moi s'inclinaient en ces bienheureux jours.

» Parce que l'indigent que le puissant opprime,
» L'orphelin sans foyer, la triste veuve en pleurs,
» Tout être méprisé, toute pauvre victime
» Trouvaient auprès de moi secours dans leurs malheurs.

» J'avais pour vêtement la justice elle-même,
» L'équité pour manteau. La vérité toujours
» Rayonnait sur mon front en royal diadème
» Et donnait la vigueur à mes moindres discours.

» Et je disais alors : Dans ma riche demeure,
» Mes heureux jours croîtront comme ceux du palmier ;
» Au bord des fraîches eaux que ma racine effleure,
» Mes rameaux verdiront sans jamais se plier.

» Et ceux qui m'écoutaient, demeuraient dans l'attente,
» Méditant mes discours comme venant du ciel ;
» Toute oreille s'ouvrait à ma voix éloquente,
» C'était pour tous les cœurs un moment solennel.

» Si j'allais avec eux, je marchais à leur tête,
» Tel qu'un roi triomphant revenant des combats ;
» Tel qn'uu consolateur que tout affligé fête,
» Parce qu'il fait le bien à chacun de ses pas.

» Et cependant, Seigneur, un jour votre colère
» S'abattit sur mon front qui se tournait vers vous ;
» Comme l'herbe des champs je tombai sur la terre,
» Fauché par votre bras qu'animait le courroux.

» O qui m'accordera d'être en votre présence,
» Dieu juste et tout-puissant, dont la main me poursuit?
» Je prouverais alors ma constante innocence,
» Et le jour se ferait au milieu de ma nuit.

» Selon votre équité se pèseraient mes crimes,
» Mes bienfaits et mes maux, et je triompherais;
» Mais en vain mes regards, vers les plus hautes cimes,
» Vous cherchent en pleurant..... Vous me voilez vos traits.

» Toutefois, ô mon Dieu, tant qu'un souffle de vie,
» Un reste de vigueur animera mon corps,
» L'Esprit divin toujours, en mon âme flétrie,
» Versera ses lueurs, car je suis sans remords.

» De vos puissantes mains je suis l'œuvre fragile,
» Je le sais, ô Dieu saint! mais votre bras vengeur
» Me brisera-t-il donc comme un vase d'argile,
» Comme un frêle roseau, comme une faible fleur?

» N'aurez-vous point pitié de ma grande misère?...
» J'espérais le bonheur, et les maux sont venus;
» Suspendez donc enfin l'arme de la colère:
» Que mes cris de douleurs soient par vous entendus! »

LE JARDIN DES OLIVIERS

III

Près de là le Cédron, désolé sur sa rive,
S'étendait tristement en un profond ravin ;
Mais de son lit de sable aucune voix plaintive
Ne sortait pour se joindre au chant du pèlerin.

Une larme tomba sur ce sable stérile.
Le pauvre voyageur le contemple un instant,
Puis il passe le pont pour chercher un asile
Dans le jardin sacré que longeait le torrent.

Huit oliviers, courbés sous le poids de leur âge,
Couvraient silencieux ces lieux prédestinés ;
Quelques fruits mûrissaient dans le sombre feuillage,
Malgré l'aride aspect des troncs déracinés.

Tressaillant en son cœur le pèlerin s'avance
Sur ce sol imprégné de souvenirs divins;
Il sent qu'un nouveau glaive augmente sa souffrance...
Le remords le poursuit en ces pieux chemins.

C'est là que le Sauveur, ployant sous l'agonie,
Éleva vers son Père un regard suppliant;
C'est là que vint pleurer la victime bénie,
Là qu'elle vit la mort s'approcher lentement.

« De mes lèvres, mon Père, éloignez ce calice, »
Semblait redire encor l'écho du mont sacré,
« Mais si vous l'ordonnez, je suis prêt au supplice,
Pour que votre pardon soit à tous assuré. »

Prosterné sur la terre et souffrant en son âme,
Le pèlerin tremblait en présence de Dieu;
Son passé devant lui se retraçait infâme
Sous le rayonnement de ce céleste lieu.

« Hélas! soupirait-il, comme la Madeleine,
Obtiendrais-je ma part des grâces du Sauveur?
Vers vous, mon Dieu, vers vous mon repentir m'entraîne;
Ne me repoussez pas, ô divin Rédempteur!

» Sous les flots agités de sa douleur profonde,
Mon cœur met son salut en vos divines mains:
Vous êtes le soleil qui brille sur le monde,
Eclairez-moi, Seigneur, dans mes sombres destins. »

LA VOIE DOULOUREUSE

PREMIÈRE STATION

IV

Un peu fortifié par l'ardente prière
Qu'il venait d'élever vers le Christ Rédempteur
Le voyageur reprit le chemin du Calvaire,
Sous le poids accablant d'une immense douleur.

Alors il traversa péniblement l'enceinte
Où végète la ville en ses hauts murs moussus,
Puis se mit à gravir cette montagne sainte
Qu'arrosa pour nous tous le sang pur de Jésus.

« Puis-je mettre le pied sur vos traces sublimes?
Murmure-t-il enfin d'une tremblante voix.
Le puis-je, ô mon Sauveur, quand, ployant sous mes crimes,
Je vous vois resplendir saintement sur la croix ?

» Avant de prononcer votre arrêt sur ma tête,
Oh! daignez écouter les plaintes de mon cœur!
Comme les naufragés au jour de la tempête,
A vos genoux, mon Dieu, je m'écrie : O Seigneur!

» Seigneur, ayez pitié de mon malheur extrême;
Venez à mon secours, je ne périrai pas.
L'amour fait pardonner.... O Jésus, je vous aime!
J'adore votre nom, je tends vers vous les bras!!

» Vous m'aviez tout donné : fortune, amis, famille;
Maintenant je suis seul avec mon désespoir.
J'eus pour femme une sainte, un doux ange pour fille,
Hélas! dans votre ciel pourrai-je les revoir?

» Un jour le noble front de ma femme chérie
Se couvrit tout à coup des ombres de la mort;
Je crus perdre, Seigneur, la moitié de ma vie
Quand je vis ce malheur suspendu sur mon sort.

» Elle, me consolait... Un rayon d'espérance
Illuminait ses traits... Alors elle sourit...
« En la bonté de Dieu place ta confiance,
» Mon ami, » me dit-elle.... Et sa voix s'éteignit.

» Telle fut, ô Seigneur, la couronne d'épines
Qui vint ensanglanter mon pauvre front mortel.
Dès lors je méconnus vos volontés divines...
L'ange n'était plus là pour me montrer le ciel. »

LA VOIE DOULOUREUSE

DEUXIÈME STATION

V

Ainsi le pèlerin, sur le mont des souffrances
S'avançait en priant Jésus crucifié;
Ainsi son cœur s'ouvrait aux saintes influences
Du mystère d'amour par tous glorifié.

Cependant sous la croix de ses fautes nombreuses,
Il se sentait ployer en face du Seigneur.
Eloignez de mes yeux ces ombres ténébreuses!
Répétait en pleurant le malheureux pécheur.

» Succombant sous le poids des misères humaines,
Plusieurs fois sur ce mont votre âme a défailli;
Souvenez-vous, mon Dieu, de vos mortelles peines,
Et relevez mon cœur par la mort assailli.

» De ses iniquités il s'est fait une tombe
Où ne pénètrent plus les célestes lueurs;
O Seigneur, sauvez-le, car sans vous il succombe
Sous sa profonde angoisse et ses sombres terreurs!

» J'avais pour mon enfant une vive tendresse;
Mais ignorant, mon Dieu, que les bienfaits du ciel
Sont notre plus grand bien, notre seule richesse,
Pour l'enrichir, hélas! je devins criminel.

» L'honneur ne brilla plus sur ma sombre existence;
Je poursuivis mon but par de honteux chemins,
Et, pourvu que mon nom inspirât confiance,
J'accomplissais toujours mes odieux desseins.

» Cultivée avec soin, cette racine impure
Produisit des fruits d'or qui ravissaient mes yeux;
Mais au fond de moi-même, un sinistre murmure
M'avertissait qu'un jour je serais malheureux.

» La tempête gronda.... Sur un vaisseau fragile
Etaient tous mes trésors... la mer les engloutit.
Il me restait encor mon innocente fille,
Pourtant ce jour par moi fut millc fois maudit.

» Le néant s'étant fait dans ma vile existence,
Le monde me parut un désert effrayant.
Des bruits confus et sourds troublaient ma conscience,
Et mon cœur s'agitait comme la feuille au vent.

» En vain la douce voix de ma pauvre Marie
Me faisait entrevoir vos consolations;
Je tremblais devant vous, ô Justice infinie!
Je vous voyais pesant toutes mes actions.

» Mes fautes sous mes pas avaient creusé l'abîme,
J'y tombai sans oser implorer vos secours;
Mais, maintenant, Seigneur, la coupable victime
Croit que votre bonté s'épandra sur ses jours.

LA VOIE DOULOUREUSE

TROISIÈME STATION

VI

» En ces lieux de nouveau votre face éternelle
S'affaissa tristement sous l'amère douleur ;
Puis-je espérer qu'enfin mon âme, qui chancelle,
Obtiendra son pardon, adorable Sauveur ?

» Au nom de la nouvelle et terrible souffrance
Que je vais rappeler à votre Cœur divin,
Faites luire sur moi votre sainte espérance,
Et je glorifierai votre puissante main.

» Belle et bonne à la fois, ma fille sur la terre,
Comme un ange du ciel, s'avançait saintement,
Elle avait les vertus de sa pieuse mère,
Que je croyais revoir en ma charmante enfant.

» Mais déjà votre voix conviait sa jeune âme
A partager les biens du séjour éternel...
Elle allait s'envoler loin de son père infâme,
Tout en le bénissant au moment solennel.

» Le calice était plein, j'en bus jusqu'à la lie,
Sans me plaindre, Seigneur, de votre arrêt fatal.
Qu'aurait fait près de moi cette innocente vie,
Ce pur rayon des cieux, ce beau front virginal?

» Peut-être ce beau front, devinant le mystère
Qui fait mon déshonneur, ma honte et mon effroi,
Se serait-il penché sous la souffrance amère
Qui, depuis quelque temps, s'est répandue en moi?

» Ah! je la vois encor, ma fille bien-aimée!
Quand, élevant vers vous son limpide regard,
Elle vous supplia, d'une voix animée,
De disposer son cœur au suprême départ.

« Mon père, me dit-elle après un court silence,
» Je vais vous laisser seul, souffrant et malheureux;
» Mais je mourrais en paix si j'avais l'assurance
» Que vous accomplirez le plus cher de mes vœux.

» Victime du malheur, en votre long martyre,
» Votre cœur chaque jour se voit crucifié;
» Voulez-vous qu'avant peu le mal qui le déchire
» Trouve enfin son remède et soit sanctifié?

» Allez l'offrir à Dieu sur la montagne sainte
» Que Jésus arrosa de son sang rédempteur!
» Et vos pleurs douloureux, votre touchante plainte
» Monteront vers le ciel avec ceux du Sauveur. »

» J'obéis sans retard à la voix prophétique
De l'innocente enfant qui s'envolait aux cieux.
Dès que se fut éteint son regard angélique,
J'accomplis avec foi le plus cher de ses vœux.

» Oui, j'espère, Seigneur, que mon humble prière,
Mes pleurs et mes soupirs monteront jusqu'à vous,
Lorsque sur le sommet de votre saint Calvaire,
Je vous les offrirai, tombant à vos genoux!

LE CALVAIRE

VII

Sur l'aride plateau, nulle fraîche verdure
N'ombrage les rochers inondés de lueurs;
Il semble que la main de l'active nature
Ne pénétra jamais en ces lieux de douleurs.

Ce fut là cependant que le salut du monde,
Comme un puissant soleil s'éleva de la croix;
C'est de là que jaillit cette source féconde
Qui dans tout l'univers s'épandit à la fois.

Là que les saints martyrs, au moment du supplice,
Arrêtaient leurs regards dans un ardent transport,
Quand leurs mains acceptaient avec joie le calice
Que venaient leur offrir les anges de la mort.

Ainsi le sang versé par la grande Victime
Fit naître pour les cieux les plus divines fleurs,
Sous les rayonnements de cette croix sublime
Où furent expiés les crimes des pécheurs.

Du triste pèlerin telle était la pensée
Lorsque son pied timide atteignit le sommet...
Sa prière allait-elle être enfin exaucée?
Il en avait l'espoir.... cependant il pleurait.

Mais déjà le Sauveur, en son cœur adorable,
Prononçait le pardon sur ce front prosterné...
Saint amour de Jésus, ô source inépuisable,
Vous êtes le salut de tout infortuné!

LA VISION

VIII

Le ciel, s'étant ouvert aux yeux de la pauvre âme,
Lui laissait entrevoir ses divines beautés.
A l'horizon sans fin étincelait la flamme
Que reflètent sur nous les hautes vérités.

De nombreux chœurs chantaient, en parfaite harmonie,
La gloire du Très-Haut et ses perfections.
Comme un suave encens la douce mélodie
S'élevait vers Jésus en bénédictions.

CHŒUR DES ANGES

« La justice divine
A fait grâce au pécheur;

Volons sur la colline
Où mourut le Sauveur.

» Vive étincelle
Du saint amour,
L'âme immortelle
Voit ton séjour,
Dès que son aile,
Avec émoi
S'étend vers toi !

» De la céleste sphère,
Jésus entend la voix
De son malheureux frère
Incliné sous sa croix.
Blondes phalanges
Des petits anges,
Avec nos lyres d'or,
Vers lui prenons essor,
Et la souffrance,
A la lueur
De l'espérance,
Fuira loin de son cœur.

» Vive étincelle
Du saint amour,
L'âme immortelle
Voit ton séjour,
Dès que son aile
Avec émoi
S'étend vers toi ! »

CHŒUR DES MARTYRS

« Les soupirs, les plaintes
Emeuvent les cieux :
Pour les bienheureux
Les larmes sont saintes.

» Larmes du remords,
Céleste rosée
Fuyant sans efforts
De l'âme brisée,
Vous êtes par nous
Toujours recueillies,
Comme un miel bien doux,
O larmes bénies !

» Toutes les douleurs
D'amour embaumées,
Les profonds malheurs
Des âmes aimées
Nous font tressaillir ;
Mais le repentir,
Pour nous est souffrance
Pleine d'espérance !

» Le cœur crucifié
Ressuscite avec gloire
Dès que purifié,
Il veut aimer et croire.

Un but éternel
A ses yeux rayonne ;
Il voit dans le ciel
Briller sa couronne,
Et, comme un guerrier,
Il lutte et s'élance
Sans jamais oublier
La sainte récompense. »

CHŒUR DES VIERGES

entourant le trône de la Mère de Dieu.

« A vous nos chants les plus pieux,
O Mère adorable !
Vous qui pour tous les malheureux
Etes secourable !

» Sous vos bienfaisantes lueurs
Nous nous sommes écloses,
Conservant l'éclat de nos cœurs
Comme de blanches roses.

» Mais si, dans le sombre chemin,
Un péril menaçait nos frères,
Vite nous leur tendions la main,
A votre exemple, ô modèle des mères !

» Nous connaissions les baumes précieux
Qui guérissent les mortelles blessures.
Votre regard, rayonnant dans les cieux,
Nous inspirait, nous faibles créatures.

» Vers le mont sacré
Notre cœur s'envole....
Un homme a pleuré,
Notre voix console,
O divine Mère!
Laissez-nous aller
Pour le consoler
De sa peine amère. »

CHŒUR DES VIEILLARDS

« Gloire à vous, Dieu de bonté,
Et douce paix sur la terre,
Aux hommes de volonté
Qu'une foi constante éclaire!

» Nous avons navigué sur l'orageuse mer,
Sans craindre les tempêtes.
Gloire à Dieu dans le ciel!.... La neige de l'hiver
S'épandit sur nos têtes;
Mais l'horizon pour nous demeura pur et clair.

» Naufragé, gloire à toi, qui, sur le mont sacré,
Viens chercher un refuge!
Dans ce port de salut tu seras délivré
Par le souverain Juge,
Dont le nom trois fois saint est par nous vénéré!

» O béni soit le jour où tu te dirigeas
Vers le divin Calvaire!
Les chaînes du malheur environnaient tes bras;
Pauvre pécheur espère:
Un monde tout nouveau va s'ouvrir sous tes pas! »

HYMNE DU PÈLERIN

IX

« Je vous vois, ô mon Dieu, j'entends les saints accords
Des âmes bienheureuses !
Agréez en hommage et mes fervents transports
Et mes larmes pieuses.

» Vous êtes l'Océan d'où découle à longs flots
Le fleuve de la vie.
Versez, Seigneur, versez dans mes frêles rameaux
Votre sève bénie !

» De votre sein jaillit l'étincelle d'amour
Qui féconde les âmes,
Et change notre nuit en un splendide jour,
En un foyer de flammes.

« Je vous aime, ô mon Dieu !... comme un héros chrétien
Je me sens la puissance
De concourir sans cesse au triomphe du bien,
En la sainte espérance.

» Les plus nobles désirs élèvent mes esprits
Vers le divin rivage;
En eux je vois, Seigneur, et je vous en bénis,
Resplendir votre image.

» L'homme peut donc atteindre au sommet radieux
Des beautés éternelles,
O Dieu puissant et bon, quand à son cœur heureux
Vous attachez des ailes?

« Vous m'appelez, Seigneur, je veux monter toujours
Vers la belle lumière.
Que votre douce main, s'étendant sur mes jours,
Me guide sur la terre!

LE SAINT SÉPULCRE

X

A la base du mont se trouve le tombeau
Où le corps du Sauveur, adorable victime,
Attendit le grand jour de son règne nouveau
De son ascension sublime.

Un escalier taillé dans l'immense rocher
Conduit le pèlerin dans ces lieux de mystère
Où les larmes du cœur aiment à s'épancher
Avec l'encens de la prière.

Sur le sol sablonneux on croit voir imprimé
Le pied tremblant encor de la Vierge Marie;
Et, dans l'enfoncement, le beau corps embaumé
Qu'y déposa sa main bénie.

Une lampe d'or pur, d'une douce lueur,
Eclaire avec amour cette voûte profonde
Qui fut de l'Homme-Dieu le tombeau rédempteur,
Et le divin berceau du monde.

On croit entendre l'ange, avec un doux accent,
Dire à la Madeleine : « Il n'est plus sous la pierre ;
Il est ressuscité comme un astre brillant,
Pour remonter vers Dieu le Père. »

« Que ne puis-je espérer de mon divin Sauveur,
Se dit le pèlerin en inclinant sa tête
Sur la pierre sacrée !... Il aime le pécheur
Qu'il a sauvé de la tempête.

» Il a pour lui toujours la prédilection
Dont se réjouissait la tendre Madeleine,
Quand, par la voix de l'ange, elle eut pour mission
D'annoncer de Jésus la gloire souveraine.

» Comme la pécheresse, à l'avenir je veux
Proclamer devant tous la grandeur éternelle ;
Soutenant de la main mon frère malheureux,
Je le consolerai par l'heureuse nouvelle.

» Je suis pauvre des biens qui brillent aux regards ;
Mais les trésors du ciel enrichiront mon âme,
Et je les verserai sur les pauvres vieillards,
Sur les jeunes enfants, sur toute faible femme.

» O Mère de Jésus, qui, par amour pour nous,
Vous êtes soutenue au saint lieu du supplice
Sous le regard mourant qui s'abaissait vers vous,
A mes pieux désirs, soyez, soyez propice!

» Vous avez ressenti nos mortelles douleurs,
Au pied de cette croix où mourait la Victime;
Sur nous, sur votre Fils se sont versés vos pleurs,
Le jour où s'accomplit le mystère sublime.

» Daignez pencher vers moi votre front glorieux,
O Mère à jamais admirable!
Que votre douce main, puissante dans les cieux,
Me soit sans cesse secourable.

» Et mes chants s'uniront avec ravissement
Au céleste concert des anges;
Avec les bienheureux, avec un cœur ardent,
Je célébrerai vos louanges! »

LE MONT DES OLIVIERS

XI

Vers l'horizon lointain, le soleil s'inclinait,
Et de ses derniers feux saluait la colline,
Lorsque le pèlerin atteignit le sommet
Sur lequel s'accomplit l'ascension divine.

L'esclave avait conquis la liberté des cieux ;
Car ses traits, rayonnant une secrète flamme,
Révélaient l'homme fort, l'homme religieux,
Qui sent qu'un flot de vie anime sa grande âme.

Tout semblait transformé sous ses regards ardents :
La nature brillait d'une beauté nouvelle,
Les monts étaient plus hauts et bien plus éclatants,
Plus pur était l'azur de la voûte éternelle.

À ses pieds, Josaphat paraissait reverdir,
Et le Cédron couler au fond de la vallée;
A droite la mer Morte aurait dû resplendir,
Mais il la trouvait belle, ainsi triste et voilée.

Quant à Jérusalem, un beau reflet doré
L'illuminait d'en haut, comme si l'espérance
Commençait à renaître en son sein déchiré
Par le glaive tranchant de sa longue souffrance.

On eût dit qu'une voix, en descendant des cieux,
Allait lui dire enfin : O ville infortunée!
Relève de nouveau ton grand front glorieux :
Le Sauveur veut changer ta sombre destinée!

Cependant la mosquée est là toujours debout
Au milieu des cyprès au sinistre feuillage,
Des tristes oliviers dont le tronc se dissoud....
Jérusalem encor gémit sous l'esclavage!

Un soupir étouffé s'exhale douloureux
Du cœur du pèlerin, à l'amère pensée;
Mais déjà, dans l'espace éclatant, radieux,
Son âme avec amour s'est soudain élancée.

Il revoit les esprits flambeaux de l'univers :
Les apôtres, les saints, Moïse, puis le Dante,
Raphaël et tous ceux, dont les siècles sont fiers,
S'offrent à ses regards en foule triomphante.

« Dans le Dieu tout-puissant, éternel, infini,
» Nous jouissons de l'être en toute plénitude.
» Etincelles d'amour de ce fleuve béni,
» Nous nous plongeons sans cesse en sa béatitude. »

Ainsi tous ces héros exaltaient leur bonheur,
En dirigeant leur vol vers la plus haute sphère,
Et sur eux s'épandait le souffle inspirateur
Dans un brillant reflet de la sainte lumière.

« O colonnes du monde! O gloire du passé!
Votre existence fut héroïque et divine!
Chanta le pèlerin. Vous nous avez tracé
Le chemin éternel; devant vous je m'incline!

» Vous fûtes les rayons dont la noble vigueur
Entretint le foyer des arts et des sciences.
Anges du Dieu vivant, disciples du Sauveur,
Vous avez ravivé nos célestes croyances!

« Sans vous, sans vos efforts, sous les ombres du mal,
La vertu s'éteignait, et la foi de notre âme
Eut enfin succombé dans le courant fatal;
Mais vous êtes venus rallumer toute flamme.

» Vos œuvres ont pour tous de saints rayonnements
Qui nous mènent à Dieu par les plus hautes cîmes;
Soyez glorifiés et bénis en tous temps,
O colonnes du monde! esprits purs et sublimes! »

Le pèlerin alors éleva ses regards
Vers un mont que couvrait une brume légère;
C'était Sion, Sion aux naturels remparts,
Qui, malgré ses malheurs, semble encor calme et fière.

Il contemple ces lieux si longtemps vénérés,
Dont le peuple de Dieu fit sa chère patrie,
Puis songe au roi-prophète, à ses chants inspirés,
Et, pleurant sur Sion, vivement il s'écrie :

« O ville de David! O séjour immortel!
Peux-tu jeter les yeux sans profonde souffrance
Sur ce temple païen dont un destin cruel
Te fit un oppresseur, un maître qui t'offense?

» N'entends-tu point parfois s'élever du tombeau
Les douloureux accents de ton chantre sublime,
O royale cité, que courbe le fardeau
De la honte et du crime?

» Ecoute, car le vent commence à soupirer
Le grand hymne du soir. A sa plainte se mêle
La voix du chantre-roi; écoute-la pleurer,
Et murmure avec elle :

DAVID

XII

« J'ai crié vers vous, Seigneur,
Des profondeurs de l'abîme;
Les méchants brisent mon cœur
Que votre justice anime.
Comme le cerf des forêts
Soupire après l'eau courante,
Pour vous voir je soupirais,
O beauté toujours clémente?

» Seigneur, entendez mes cris
Et l'écho de ma prière.
Confondez mes ennemis
Réduisez-les en poussière.

Comme l'actif laboureur
Fauche la fleur de sa lame,
De même, dans leur fureur,
Ils ont déchiré mon âme.

» Vers vous j'ai levé les yeux
Avec pleine confiance,
Souverain Maître des cieux,
Justifiez mon espérance!
Jusques à quand, ô Seigneur,
Détournerez-vous du sage
La consolante splendeur
De votre divin visage?

» L'impie amasse ses forfaits
En défiant votre puissance,
Parce qu'il croit jouir en paix
De son orgueilleuse opulence.
Son corps est rempli de vigueur,
Et son regard est plein d'audace;
Jamais le dard de la douleur
En son crime ne le menace.

« Mais moi je me suis vu frappé,
Quoique couvert de l'innocence.
En vain je m'étais occupé
De l'œuvre de ma pénitence.
Jusques à quand, ô Dieu vengeur,
Les brebis de vos pâturages

Erreront-elles sans pasteur,
En des déserts froids et sauvages?

» Seigneur, le roi triomphera
Par votre force souveraine.
Dans la joie il tressaillira,
Malgré les transports de leur haine.
Sur sa tête vous avez mis
La couronne de la puissance;
Il domine ses ennemis
Et doit tout à votre clémence!

» Dans le temps et l'éternité
Vous l'environnerez de gloire;
Son sceptre sera l'équité
Votre justice sa victoire.
Vous renverserez les méchants,
Votre main purgera la terre
Des semences, qu'en leur printemps,
Ils répandaient dans la colère.

» O vous qui cherchez le Seigneur,
Vous célébrerez ses louanges;
Dans la plénitude du cœur
Vous vous unirez à ses anges!

» Ouvrez-vous, portes de Sion!
Ouvrez-vous, portes éternelles!
Dieu bénit notre nation,
Il l'environne de ses ailes.

» Justes, sur votre lyre d'or,
Célébrez le Dieu de vos âmes ;
Vers lui prenez un libre essor
Au milieu des célestes flammes.
Heureux celui qui, jour et nuit,
Secourt le pauvre avec tendresse,
Et qui médite en son esprit
Les préceptes de la sagesse !

» Sur son triste lit de douleur,
Il verra le Seigneur lui-même,
Se pencher en consolateur
Pour le sauver au jour suprême.
Dans toutes nos afflictions
L'Eternel est notre refuge ;
O justes, que nos actions
Osent toujours l'avoir pour juge !

» Heureux ceux qui des temples saints
Ont fait leur plus chère demeure ;
Le rayon de l'Esprit divin
Sur eux s'y reflète à toute heure.
Les oiseaux volent vers le ciel
Avec joie et d'une aile agile,
Moi je vole vers votre autel,
Seigneur, et j'en fais mon asile. »

LA LUTTE DES ESPRITS

XIII

Cependant sur les monts les dernières lueurs
Commençaient à pâlir aux regards des étoiles,
Et la nuit s'avançait avec ses sombres voiles,
Ses mystères profonds, ses secrètes terreurs.

Le pèlerin reprend son bâton de voyage,
Puis descend la colline en priant l'Eternel.
« O Dieu, je vous bénis et je vous rends hommage ! »
Dit-il en élevant ses deux mains vers le ciel.

Mais voilà que son cœur se trouble... il croit entendre
Des bruits mystérieux dans le souffle du vent...
Il s'arrête, il chancelle et parvient à comprendre
Que de nombreux esprits le suivent en chantant.

LES ESPRITS DU MAL

« Eloignez-vous, votre céleste lyre
Résonnerait en vain.
Oui, c'en est fait, l'homme est sous notre empire,
Nous réglons son destin.
D'un monceau d'or il a fait son idole,
Et, comme au vil métal,
A cet or pur l'impur poison se colle
Sous le souffle du mal.

LES ESPRITS DU BIEN

» De sa plus noble créature
Dieu nous fit les anges sauveurs.
Nous commandons à la nature
De lui prodiguer ses splendeurs.
C'est nous qui versons en son âme
La vigueur de la charité,
Par nous il entrevoit la flamme
De l'éternelle vérité.

LES ESPRITS DU MAL

» Tous ses désirs tendent aux jouissances
De ce monde mortel.

S'il aime encore les arts et les sciences
Ce n'est pas pour le ciel.
N'espérez plus, l'homme est en esclavage
Sous notre autorité ;
En vain en lui chercherait-on l'image
De la divinité.

ESPRITS DU BIEN

» Non, l'auguste roi de la terre
Ne peut perdre sa liberté ;
Jésus, mourant sur le calvaire,
Le fit grand pour l'éternité !
Chaque siècle enfante des crimes
Et voit naître bien des erreurs ;
Mais toujours des âmes sublimes
Reflètent sur eux leurs lueurs.

ESPRITS DU MAL

» Contre le Ciel nous lutterons sans cesse,
Car nous avons espoir
Que l'homme un jour, courbé sous sa faiblesse,
N'aura plus de pouvoir.
Inspirez donc l'auguste roi du monde,
Sages esprits des cieux,
Autour de lui nous faisons notre ronde,
Nous esprits ténébreux... »

L'ANGE GARDIEN

XIV

A ce chant succéda la plus douce harmonie
C'était comme un concert de sons mélodieux,
D'où s'élevait parfois une voix bien amie,
Dont les accents semblaient de purs échos des cieux.

« Je suis ton ange aux blanches aîles,
Disait la voix,
J'accours parce que tu chancelles
Encor parfois. »

Et dans les ombres ténébreuses
Apparurent soudain,
Les formes pures, lumineuses
D'un être tout divin.

« Viens dit-il de sa voix sereine,
Viens te régénérer
Dans l'eau sainte de la fontaine,
Où venaient s'inspirer
Les rois, les sages, les prophètes.
Là s'inclinera ton front,
Comme autrefois leurs nobles têtes,
Et tes pas s'affermiront.

» Vois ces deux étoiles sourire
Dans les profondeurs des cieux ;
Ne semblent-elles point te dire :
Tu nous es cher, sois heureux.
Ainsi les âmes radieuses
De celles qu'aimait ton cœur,
Du haut des sphères lumineuses,
Prient pour toi le Dieu Sauveur ! »

LA FONTAINE DE SILOÉ

XV

Dans le creux d'un rocher tapissé de lierre,
Siloé, source unique en ces lieux de mystère,
Du souffle de ses eaux rafraîchit le vallon
Qu'autrefois parcourait le torrent de Cédron.

Au sommet du rocher d'où jaillit la fontaine,
En paraissant gémir de sa voix souterraine,
Jadis étincelait comme un phare des cieux,
Du sublime David le palais merveilleux.

Que de fois Siloé, qui maintenant soupire,
Ne redit-elle point les accents de la lyre
Qu'inspirait le Seigneur! Que de fois dans ses eaux,
Le roi ne puisa-t-il des transports tout nouveaux!

A l'approche de l'ange éclatant de lumière,
La source trassaillit en sa tombe de pierre,
Comme si dans son sein se réveillait l'espoir
De recouvrer bientôt son céleste pouvoir.

« Que Dieu dans sa bonté, dans sa grandeur suprême,
Régénère ton front par ce nouveau baptême! »
Dit l'ange, après avoir dans le rocher profond,
Puisé l'eau qu'il versait sur le coupable front.

Et le pécheur ému promettait en silence
D'employer tous ses jours à faire pénitence,
Et mériter de Dieu les bénédictions,
En lui sacrifiant toutes ses actions.

Déjà l'aube nouvelle, en lueurs vaporeuses,
Apparaissait aux cieux, lorsque le pèlerin,
Accompagné de l'ange aux aîles radieuses,
S'éloigna de ces lieux le cœur pur et serein.

La nature éveillée avait en main sa lyre,
Pour préluder de Dieu le grand hymne d'amour;
L'arbre, les fleurs, les monts commençaient à sourire
Sous le premier reflet du bel astre du jour.

HYMNE DU MATIN

LA NATURE

XVI

« En ces lieux où le Christ fut couronné d'épines,
Où coulèrent son sang et ses larmes divines,
Ma voix ne peut avoir qu'un rithme sérieux,
En chantant la grandeur et la bonté des cieux.
» O naissante et joyeuse aurore,
Ici ne fais jamais éclore
Tes roses aux fraîches couleurs;
N'y sème que de sombres fleurs!

» Le cyprès, l'olivier uniront leur feuillage
Pour couronner mon front. Partout, sur mon passage,
Je mêlerai des pleurs à mes dons précieux,
Et l'ombre voilera mes rayons lumineux.
» Nulle source dans les prairies
Ne répandra ses mélodies

Ni sa fécondante fraîcheur :
C'est la volonté du Seigneur.

» Gloire à ce Dieu dont la puissance
Règle les lois de l'univers ;
De son éternelle science
Les sceaux sacrés me sont ouverts !
Avec lui j'accomplis sans cesse
Le grand œuvre de sa sagesse ;
Par lui je crée et je soutiens,
Et suis la source de tous biens.

» C'est moi qui vais puiser la vie
Au fond de son âme infinie,
Pour en déverser en tous lieux
Les flots puissants et généreux.
Moi qui dissipe les nuages
Et fais éclater les orages ;
Des astres je signale le cours :
Ma main puissante agit toujours.

Je suis du Dieu vivant la plus fidèle image ;
Je suis le livre saint où l'homme, à chaque page,
Trouve pour son esprit un céleste aliment
Qui le rend libre et fort et le fait vraiment grand.
Je lui montre du ciel, son éternel domaine,
Les célestes splendeurs, la gloire souveraine,
Et, semant le chemin de fleurs et de rayons,
Je le mène au séjour des bénédictions ! »

LE PÈLERIN

XVII

« Salut, bienfaisante nature,
Mère de toute créature !
En toi grandit le cœur humain,
Quand il comprend ton chant divin.

» Enfant, j'admirais ton sourire
Dans le frais calice des fleurs,
Et les doux accents de ta lyre
Se mêlant aux tendres lueurs.

» Comme en ces beaux jours d'innocence,
Rayonne sur mon existence,
O source de toute beauté !
Reflet de la Divinité !

» En toi j'épurerai ma vie,
O nature, ô mère bénie!
J'aimerai ta céleste voix,
Comme je l'aimais autrefois.

» Par ton activité féconde,
Vit et se transforme le monde;
Maintenant je suivrai des yeux
Tous tes travaux mystérieux.

» Je verrai circuler la sève
Dans leurs fleurs et dans les rameaux;
Sur la branche qui se soulève
Je suivrai l'aile des oiseaux.

L'épi s'élevant dans sa force,
Le bourgeon sortant de l'écorce;
Tout fera tressaillir mon cœur
En l'amour du Dieu créateur!

L'ANGE GARDIEN

» La grâce a versé dans ton âme
Sa pure et lumineuse flamme.
Agis en ton nouveau destin ;
Je te suivrai jusqu'à la fin !

» L'homme est le roi de la nature;
Sois digne de ta royauté,
Qu'à l'avenir ton cœur s'épure
Dans l'amour de l'humanité.

» Ne sois plus la branche inutile,
Qui du grand tronc se séparait;
Car Jésus, dans son Evangile,
La frappe d'un terrible arrêt.

» La sève vient de la racine ;
Nul ne saurait porter de fruits,
Si, de cette source divine,
Il ne puise les sucs bénis.

» L'égoïsme enfante le crime,
Il aime les lieux ténébreux ;
Souviens-toi que dans cet abîme.
Tu fus esclave et malheureux.

» O que l'éternelle lumière
Féconde ton activité,
Maintenant que sur le Calvaire,
Tu vis briller la vérité ! »

FIN

— LILLE TYP. L. LEFORT. MDCCCLXIV. —

— LILLE. TYP. L. LEFORT. MDCCCLXIV. —

www.ingramcontent.com/pod-product-compliance
Ingram Content Group UK Ltd.
Pitfield, Milton Keynes, MK11 3LW, UK
UKHW021008220726
13924UKWH00002B/925